문학과지성 시인선 69

새는
하늘을 자유롭게
풀어놓고

황인숙 시집

문학과지성사

문학과지성사에서 펴낸 황인숙의 시집

슬픔이 나를 깨운다(1990)
우리는 철새처럼 만났다(1994)
나의 침울한, 소중한 이여(1998)
자명한 산책(2003)
리스본행 야간열차(2007)
못다 한 사랑이 너무 많아서(2016)

문학과지성 시인선 69
새는 하늘을 자유롭게 풀어놓고

초판 1쇄 발행 1988년   4월 30일
초판 12쇄 발행 2014년 11월 27일
재판 1쇄 발행 2022년   8월 16일

지 은 이 황인숙
펴 낸 이 이광호
펴 낸 곳 ㈜문학과지성사
등록번호 제1993-000098호
주   소 04034 서울 마포구 잔다리로7길 18(서교동 377-20)
전   화 02)338-7224
팩   스 02)323-4180(편집)   02)338-7221(영업)
전자우편 moonji@moonji.com
홈페이지 www.moonji.com

© 황인숙, 1988, 2022. Printed in Seoul, Korea

ISBN 978-89-320-0348-1 03810

문학과지성 시인선 69

새는 하늘을 자유롭게 풀어놓고

황인숙

시인의 말

유심히 보면, 유령이든 사람이든 사물이든 누군가가
'외롭다'고 중얼거린다. 그는 세포 하나하나까지
스며들어 합쳐지고 변화하고 따뜻해지기를
원하는 것 같다. 그것은 이기적인 욕망일까?
바로 지금, 나는 원한다.
어떤 영혼도 제어할 수 없는, 아니 영혼이 주동이 되어
세포·원형질, 그 뭐랄까, 그 엄연한 물질이 되어……
그런데 별수 없이…… 이것은 치유될 수 없고,
내가 아무도 치유할 수 없고,
이 깨달음은 비통한 노릇이다.

1988년 4월
황인숙

새는 하늘을 자유롭게 풀어놓고

차례

시인의 말

해설

새는 하늘을 자유롭게 풀어놓고

일러두기

1. 이 책은 『새는 하늘을 자유롭게 풀어놓고』(문학과지성사, 1988)의 재판이다.
2. 저자와 상의하여 일부 수록 시의 순서를 조정하였고, 본문의 맞춤법과 외래어 표기는 현행 국립국어원 규정을 원칙으로 삼되, 띄어쓰기는 문학과지성사 자체 규정을 우선하여 따랐다. 다만 작품의 분위기에 영향을 준다고 판단되는 저자 특유의 어휘, 사투리나 구어체 표현 등은 그대로 살렸다.
3. 초판의 한자어는 한글 한자 병기 형태로 옮겼다. (2022년 8월 현재)

잠자는 숲

내 가슴은 텅 비어 있고
혀는 말라 있어요.

매일매일 내 창엔 고운 햇님이
하나씩 뜨고 지죠.
이따금은 빗줄기가 기웃대기도,
짙은 안개가 분꽃 냄새를 풍기며
버티기도 하죠.
하지만 햇님이 뜨건 말건
빗줄기가 문을 두드리건 말건
안개가 분꽃 냄새를 풍기건 말건
난 상관 안 해요.
난 울지 않죠.
또 웃지도 않아요.
내 가슴은 텅 비어 있고.
혀는 말라 있어요.

나는 꿈을 꾸고
그곳은 은사시나무숲.

난 그 속에 가만히 앉아 있죠.

갈잎은 서리에 뒤엉켜 있고.
난 울지 않죠, 또 웃지도.
은빛 나는 밑동을 쓸어보죠.
그건 딱딱하고 차갑고
그 숲의 바람만큼이나.
난 위를 올려다보기도 하죠.
윗가지는 반짝거리고
나무는 굉장히 높고
난 가만히 앉아만 있죠.
까치가 지나가며 깍깍대기도 하고
아주 조용하죠.
그러다 꿈이 깨요.
난 울지 않죠, 또 웃지도 않아요.

내 가슴은 텅 비어 있고
혀는 말라 있어요.
하지만 난 조금 느끼죠.

이제 모든 것이 힘들어졌다는 것.
가을이면 홀로 겨울이 올 것을
두려워했던 것처럼
내게 닥칠 운명의 손길.
정의를 내려야 하고
밤을 맞아야 하고
새벽을 기다려야 하고.

아아, 나는
은사시나무숲으로 가고 싶죠.
내 나이가 이리저리 기울 때면.

나는 고양이로 태어나리라

이다음에 나는 고양이로 태어나리라.
윤기 잘잘 흐르는 까망 얼룩 고양이로
태어나리라.
사뿐사뿐 뛸 때면 커다란 까치 같고
공처럼 둥굴릴 줄도 아는
작은 고양이로 태어나리라.
나는 툇마루에서 졸지 않으리라.
사기그릇의 우유도 핥지 않으리라.
가시덤불 속을 누벼누벼
너른 벌판으로 나가리라.
거기서 들쥐와 뛰어놀리라.
배가 고프면 살금살금
참새 떼를 덮치리라.
그들은 놀라 후닥닥 달아나겠지.
아하하하
폴짝폴짝 뒤따르리라.
꼬마 참새는 잡지 않으리라.
할딱거리는 고놈을 앞발로 툭 건드려
놀래주기만 하리라.

그리고 곧장 내달아
제일 큰 참새를 잡으리라.

이윽고 해는 기울어
바람은 스산해지겠지.
들쥐도 참새도 가버리고
어두운 벌판에 홀로 남겠지.
나는 돌아가지 않으리라.
어둠을 핥으며 낟가리를 찾으리라.
그 속은 아늑하고 짚단 냄새 훈훈하겠지.
훌쩍 뛰어올라 깊이 웅크리리라.
내 잠자리는 달빛을 받아
은은히 빛나겠지.
혹은 거센 바람과 함께 찬비가
빈 벌판을 쏘다닐지도 모르지.
그래도 난 털끝 하나 적시지 않을걸.
나는 꿈을 꾸리라.
놓친 참새를 쫓아
밝은 들판을 내닫는 꿈을.

링반데룽

오늘, 이 거리가
나를 골리기로 작정했나 보다.
버스는 낯선 곳에서 낯선 곳으로만
달리고, 서고, 그래서
난
걷기로 했다.
얼마나 걸었는가.
불안의 매연에 절어
발바닥보다 화끈거리게
목이 부어도
거리는 슬쩍 시선을 돌리고,

거리는 여전히 느물느물,
나는 지쳤다. (아무도 내게 지쳤다는 말
못 하게 할 수 없어!)
길바닥에 널부러진 내게
기이한 눈초리 하는 자 누구인가?
그대들, 제 갈 길로 내딛는 다리들.
주저함도 없어

부러워라.
그 많은 다리에 밟힐까 겁냈지.
하지만 누구 하나
부랑아의 발
밟으려 들지 않네.
하핫, 당당한 보무!

이대로 나는 어떻게 되는 것일까?
팔월의 어둠이 거미줄처럼 깔리고
등 댈 것이라곤
육교 기둥뿐.
처참하도록 유유한
홀로 유유한 평화.
파리요람의 평화.

이대로 나는 어떻게 되는 것일까?
죄 없이 떨며, 떪만이 살아 있는
순찰차가 주워 모은
한 무리 행려환자처럼

시립병원 한구석에
팽개쳐질 것인가.
눈을 떠도 링반데룽, 이 악몽을
떠다녀야 할 것인가.

바람이여.
내일의 새벽바람이여.
거리의 구토.
이 거리의 행려의 구토.
오늘을 날려 보내다오.
눈을 뜨면 링반데룽,
이 저주를
벗어날 길을 가르쳐다오.

분홍새

기지개를 켜다가 보았어.
굴뚝 위의 야릇한 새.
그게 정말 분홍색인지
그게 막 깨어난 햇님의 장난인지
눈 비비고 나니
훌쩍 지붕 너머로 사라졌어.
내 말 듣는 거야, 안 듣는 거야?
분홍새를 본 것 같다니까.
내 말 듣는 거야, 안 듣는 거야?
갸우뚱거릴 것 없어.
무슨 은유인지, 상징인지.
난 분홍새를 보았고
그저 보았다고 말하는 거야.
그저 그뿐이야.

그 여자 늑골 아래

그 여자 늑골 아래
흉가 한 채 서 있다네.

난 알지, 거기엔
붉은 지네 살고 있어.

놈은 그럭저럭 자리 잡아
별 해꼬지를 않았고
그녀 역시 손 닿지 않는지라
그들은 하여간
그럭저럭 잘 지내네.

난 알지, 거기엔
붉은 지네 살고 있어.

하지만
나 잘 있어요, 하고
전보라도 보내듯
이따금 놈은

느닷없이 물어뜯네.
느닷없이 그녀가 몸서리치며
가슴 뜨끔해하는 걸 보았는지?

난 알지, 거기엔
붉은 지네 살고 있어.

다행히도 놈은 잠꾸러기.
하지만 바람 소리만 나면
빨간 눈을 반짝 뜨고
술렁술렁 고개를 쳐든다네.
오, 제발.
바람이 불면 그 여자의 손은
더듬더듬
담배 상자를 찾네.

난 알지, 거기엔
붉은 지네 살고 있어.

쓰디쓴 자유

신이 내리시는 선물은
하난들 달가와할 것 없노니.
바다거북처럼 흘린 안달 끝에
나는 뭍으로부터 풀려났다.
그립고 그리운 바다여.
나는 엉금엉금 그에게
될 수 있는 한, 빨리 달려갔다.
그의 혀가 내 머리를 핥는 순간의 애틋함이여.
나는 풍덩 몸을 던졌다.
나는 유유히 몸을 놀렸다.
나는 자유로왔다.
나는 자유로이 숨통을 물로 채우며
자유로이 가라앉았다.
나는 한없이 자유로왔다.

뭍이여!
나를 반환하겠다.
데려가다오.
꽁꽁 묶어다오.

별

검은 베일을 늘이고
신부가 대지에 안길 때

가만한 바람에도 귀를 세우는
혼돈의 딸을 두려워하여

지상의 모든 것
그녀 베일빛을 흉내 내어
몸을 감추고

그때
두려움 없이 반짝인다
하늘의 별들

그대 반짝이는 눈을
감길 수 있는 건
레테강의 비뿐.

황혼

쉬잇, 때는 지금이에요.
조금씩, 조금씩 일렁이며
하늘이 열리고 있지요?
오, 저 스며들어오는
이 세상 것이 아닌 향기
이 세상 것이 아닌 빛깔
이 세상 것이 아닌 고요
오, 이 세상 것이 아닌 마음,
조금씩 열려 퍼지는 문.
빠져나갈 시간은 바로 지금이에요.
나무에 물이 오르듯
저 틈에 나직이 엎드려
한 점 한 점 스미어
오, 이슬방울처럼
터져나가요!
오, 이 세상 것이 아닌 마음.

졸음

달팽이 시내를 건넙니다.
달팽이 시내를 건넙니다.
달팽이 시내를 건넙니다.

달팽이 종일토록 시내를 건넙니다.

유리창 위의 달팽이 한 마리.
종일토록 시내를 건넙니다.

입춘立春

바람이 쿵쿵거리며 몰려왔어.

숲은 발가락을 꼭 오므리고
어깨를 움츠렸어.
그녀의 엉성한 머리는
울창하게 나부꼈어.

바람은 흰 불꽃을 튕기며 몰아쳤어.
어린나무가 울듯이 속삭였어.
못 견디겠어요.
흰 불꽃은 아랑곳 않고
마른 나뭇가지를 핥았어.

포식한 바람은 제멋대로 쏘다니며 흥얼거렸어.
그는 고르지 않은 음정으로
이윽고는 인디언처럼 고함치며
숲을 누벼 돌았어.

그는 목이 쉬도록

돌고, 돌고, 돌고
이제는 눈을 감고 돌았어.

한 나무가 설레설레 고개를 흔들었어.
미쳤군.
옆의 나무가 설레설레 고개를 흔들었어.
미쳤군.
그 옆의 나무도 고개를 설레설레 흔들었어.

쿡쿡 누군가 웃기 시작했어.
쿡쿡쿡 누군가 따라서 웃기 시작했어.
쿡쿡쿡쿡 나무들은 몸을 비틀며
정신없이 웃어댔어.

내 마음속에 나뭇잎새가
찰랑찰랑 차오르며
목젖을 간질였어.

말

말이란
튀어 오르건
쏜살같이 달아나건
설설 기건
웃음 위를 달리는 것.

가장 점잖은 말조차
그 묵직한 편자에
웃음을 묻히고 있다.

말이란 그런 것.
말이란 웃음 위를 달리는 것.

재갈 물린 말.
갇힌 말.
말의 발효, 웃음의 숙성.
폭발은 코르크 마개를
달아나게 하는 것.

난로 위의 주전자처럼
적당히, 적당히
하품을 하십사.

림보

누군가 빌딩 위에서
아니면 구름 속에서 누군가
아편을 한 줌씩 날리고 있다.

제재소 앞뜰.
햇빛 부스러기를 쬐는 명아주를
휘청휘청 붙든 말벌은
뜻 없는 소리를 웅얼거린다.
웅얼거리며 기계톱날은 돌아간다.
생목의 비린내가 자욱하다.
웅,
웅,
웅,
보도블록에 발이 낑긴 나무는
질린 두 팔을 허우적거린다.
허우적거리며 제비는
물방울처럼 떨어져
도로 위를 구른다.

구른다.
전파상의 낡은 앰프는
하오의 정적에
발을 구른다.

쓰레기 더미마다 코를 쑤셔대는 누렁개와
강가의 늙은이, 하굣길의 꼬마가
멋쩍게 〈행복한 마음〉에
발걸음을 맞추고 있다.

원무圓舞

햇살이 무수한 방향으로 길을 떠나듯
저마다 다른 곳을 향하여 머리를 두고
누워 있는 우리.
저마다 다른 곳의 바람에 살갗이 터
숨쉬는 우리.
외롭다고 잠을 자는 우리.
잠 속에서도 만나지 못하는 우리.
간혹, 어떤 사람의 머리꼭지를 보고
보일 뿐인 우리.
물집 오른 발바닥을 부딪히며
다시 저마다 다른 곳을 향하여 머리를 두고
누워
지쳐 숨쉬는 우리.

1

어느 잠.
나는 아름다운 바다에 이르렀다.

해안의 절벽 위에서 나는 보았다.
릴낚시를 던지며 외치는 사람.
함성을 지르며 파도를 맞는 사람.
바다 끝을 물끄러미 바라보는 사람.
반짝이는 흰 돛단배를.

벌거벗은 바닷바람은 나의 마음을 끌어
나는 바위를 타고 내려갔다.
여느 갈매기보다 훨씬 작은 갈매기들이
끼룩거리며 날아올랐다.
바위는 죽은 갈매기와 깃털과 오물
그리고 빨아올려진 바닷기로 질척거렸다.
머릿속에 가까와지는 바다가 가득 차
나는 무릎과 손바닥을 즐거이
더럽혔다.

바다는 조용히 나를 바라보았다.
유쾌한 사람들도 흰 돛단배도
본 적이 없는

적막한 바다는
가볍게 몸을 떨었다
나는 몸을 기울여 그를 어루만졌다.
나는 볕을 쪼이고 있는 작은 바위에 걸터앉아
햇살이 바람에 밀려오고 밀려가는 물결을 따라
바다 끝을 바라보았다.
산들산들 졸음이 불어왔다.
바다는 내 발등을 베고
순한 강아지처럼 잠들었다.

2

그 해안에 들른 것은 우연이었다.
그래서 전혀 길을 모르겠다.
눈을 감고 나는 되뇐다.
그곳으로 가자,
그곳으로 가자.

가끔 마부는 비슷한 곳에 데려다주기는 한다.
한 사람의 머리꼭지쯤은 보여준다.
하지만
유쾌한 사람들이며
흰 돛단배
하얀 파도가 감춘
고즈넉한 그 바다는
다시 못
만났다.

시장에서

그를 위해 무얼 살까 둘러보았죠.
수줍은 제비꽃에 벗은 완두콩.
그에게는 아무짝에 소용없는 것.
그럼그럼 딸기 살까 바나날 살까?
아니면 익살맞은 쥐덫을 살까?
그를 위해 무얼 살까 둘러보았죠.
한 쾌의 말린 뱀, 목에 늘인 할아범.
아아아아 재밌어 이걸 사줄까?
뽀골뽀골 미꾸라지 시든 오렌지
아니면 특제실크덤펑넥타이.
아아아아 재밌어 이걸 사줄까?

복작복작 밀리며 걷는 내 손엔
한쪽엔 아이스크림 한쪽엔 풍선.
농담처럼 절뚝절뚝 뛰는 지게꾼.
그 뒤를 바싹 쫓아 빠져나왔죠.
주머니에 뭐가 있나 맞혀보아요.
바로바로 올림픽 복권이어요.
만약에 첫째로 뽑힌다면은

아아아아 재밌어 너무 재밌어
풍선처럼 그이는 푸우 웃겠죠.

달밤

괘종처럼 흔들리는 이상한 시간.
뜨락은 깨어 있다.
누군가 저기에 있다.
그는 느닷없이 내 눈을 뜨게 한 이.
아닌가?
저 캄캄한 잠에서
두레박처럼 순식간 올려진 것은
그의 손에 의해서가 아니었던가?

지난밤.
나는 창문을 열어놓은 채 잠들었었다.
그리고 마치 피터팬처럼 그가 왔고
눈을 뜨자
달아났다, 어둠 속으로.
따라잡지 못하도록 재빨리.
나는 우물 속으로
굴러떨어졌다.

축축한 바람이 슬금슬금 빠져나간다.

이끼의 햇님인 달이여.
작은 나무의 짙은 향기인 밤이여.
달빛은 나비처럼 날아든다.
웅크리고 자던 나무들
기지갤 켜고
그 가지에 달님, 조롱을 기울인다.

이 시선은 확실히 그의 것.
조롱을 기울이는 그의 손.
나뭇잎은 달빛에
메트로놈처럼 떤다.

괘종처럼 흔들리는 이상한 시간.
그는 알까?
어느 뜨락에 찾아든 줄을.

산책

너무 멀리 나왔나 봐.
구름 뒤에서 천둥이 으르렁대네.
덤불이 흔들리네.
하지만 기분 좋아.
바람은 젖은 풀잎처럼
목덜미에 감기고.

너무 멀리 나왔나 봐.
나는 그가 아주 갔는 줄만 알았지.
저렇게 숨어서
눈을 번쩍거릴 줄이야.
아, 어쨌건 바람은
이토록이나 상쾌하네.
빗물 고인 풀밭에서 풀잎에 걸린
회색빛 구름 터뜨리는
맨발처럼.

그런데 너무 멀리 나왔나 봐.
참 긴 비가 그쳐

빈터마다 버섯 부락이 서고
나는 산책을 나섰지.
추장처럼 으젓하게 바람을 타고.
하늘은 공손히 허리를 굽히고
참새는 조그맣게 재재거렸지.
그리고 내 고양이는 다리를 긁으며
달콤하게 울었었지.
그를 데려오는 건데.
아무래도 너무 멀리 나왔나 봐.

아, 덤불이 무너지네!
뛰자!
놀란 풍뎅이, 모자챙에 달려드네.
하느님, 모자 좀 빌려주세요!

와, 와, 나는
헤엄쳐서 돌아왔네.
풀섶을 나뭇가질
수초처럼 헤치고.

의자

만유인력이 예고 없이 손을 끊을 때
머리도 없이 가슴도 없이
부딪힐 곳도 없는데
메아리 가득한 벌판처럼
하늘은 빙빙 돌고
땅은 번쩍거릴 때
안 돼.
안 돼.
의자는 받쳐준다
의자에 몸을 던지면
마음은 연잎에 고인 빗방울처럼
동그래진다

왼손을 들어 왼눈에 대고
꾹꾹 누르고 싶을 때
눈을 감았는데도 자꾸만
뿌옇게 뿌옇게 빛이 밀려올 때
악의에 찬 향기
드러난 뿌리

비는 퍼붓고
연잎은 제 위에 떨어진 마음을
받쳐준다
넘칠 듯 넘칠 듯하나
한 방울도 흘림없이
의자는 받쳐준다.

당신들의 문제아

지구 돌리기.
지구를 팽이처럼
돌리기.
쉬운 일이다.
사시나무 등어리건 국민학교의 철봉대건
세종문화회관 기둥뿌리건
이 낡은 지구의 굴대를 붙들고
대여섯 바퀴만 돌라.
좀 빡빡이 안 돌아간다면
다시 대여섯 바퀴를.
오, 수천의 뻐꾸기가
머리 위를 날을 것이다.
야단스레 삐걱거리며.
빌딩의 유리창과 판판대로와 백양나무는
택시, 버스, 토큰 판매소와
서 있는 사람들과 오가는 사람들은
한껏 휜 레코드판처럼
어처구니없이 출렁거리며 돌 것이다.
빙. 글. 빙. 글

흰 소리에 몸 싣고
돌아보기.

세상은 결코
결코 변치 않는다.
늙어빠진 지구.
군내 나는 지구. 싫증 나는 지구.
떠날 순 없다. 갈 곳도 없다.

오, 늙은 것은
우리의 눈.
세상은 결코
결코 변치 않는다.
변치 않는 건 나이를 먹지 않는다.
그녀는 싱싱하다.
아가의 눈엔 언제나.

새로 태어나기.
썩은 고기도 그의 젖니엔

능금처럼 싱그럽다.
새로 태어나기 위해
우리가 하는 짓.
별짓 하는 동안만은
세상도 살 만한 것?

비

저처럼
종종걸음으로
나도
누군가를
찾아 나서고
싶다……

도둑일기

해 질 녘부터 눈여겨보았는데
웬일일까?
저 집엔 불이 켜지지 않네.
귀를 쫑긋 세워도
웃음소리 하나
발자국 소리 하나
잡을 수 없네.

웬일인지 모르지만
한적한 뜰을 보면
나는 들어가
서성이고 싶어라.
빈 부엌 아궁이에 냄비를 얹고 싶고
쓸쓸한 의자의
먼지라도 쓸고 싶어라.
나는 모든 빈집에
내 손을 태우고 싶어라.
빈 마루에 길게 누워
마룻장과 낄낄거리고 싶고

지나간 달력을 떼어주고 싶어라.

잠든 고양이를 깨우고 싶어라.

달빛에 흠뻑 젖은

마당에

꽃씨라도 뿌리고 싶어라.

웬일인지 모르지만

한적한 뜰을 보면

나는 들어가

서성이고 싶어라.

밤은 빗속을

밤은 빗속을
자박자박 걷는다
멈춰 선다
밤은 고양이새끼처럼 젖어
발치에서 울고 있다
나는 그를 냉큼 들어
저고리 안에 품고
달린다

골짜기에는 나의 발자국 소리가
가득 울린다
가로질린 개울에
멈춰 선다
뿌리 뽑힌 꽃들이
급류에 떠내려가며
손을 흔들고

무너져내린 무덤가의
이끼 낀 묘석과 같이

덜컹, 차이는
심장

개울을 따라 달린다
야채즙 같은
공기를 빨며.

어느 날 갑자기 나무는 말이 없고

햇살 아래 줄고 있는
상냥한 눈썹, 한 잎의 풀도
그 뿌리를
어둡고 차가운 흙에
내리고 있다.
(그런데 참 이상한 일이지만
그곳이 그리워지기도 하는 모양이다.)

어느 날 갑자기 나무는 말이 없고
생각에 잠기기 시작한다.
그리고
하나
둘
(탄식과 허우적댐으로
떠오르게 하는)
이파리를
떨군다.

나무는 창백한 이마를 숙이고

몽롱히
시선의 뿌리를
내리고 있다.
챙강챙강 부딪히며
깊어지는 낙엽 더미
아래에.

믿지 못하여

부서지는 것은
아름다와라
부서진다 태양은
산산이 부서져
진창 깊숙이 흘깃거리고
희망의 파편은
가슴 깊숙이 헤엄쳐 간다
부서지는 건
아름답다
부서져 눈부신
별, 별빛들
나의 가슴은 부서진다!

믿지 못하여 나는
만족하지 못하여
나는 안경을 썼다
햇빛은 달팽이처럼
후루룩 말려 아득히 멀어지고
공기는 단단하다

잉잉거리며 쏘다니던
시간의 벌 떼가
일제히 돌아온다
내 눈을 향해
창끝을 돌려!

아틀란티스
―바닷게의 노래

바다는 우리를 얼러 재워놓고
살그머니 일어선다.
나는 실눈을 뜨고 배웅한다.
밤이 유모처럼 저고리 섶을 들어
입을 닦아준다.
아무리 배를 채워도 내 영혼은
거품을 뿜고 있다.
온통 바다의 소리를 향해.

거기에 바다가 있다.
거기에 바다의 유혹자가 있다.
나는 스스로 등껍질을 떼어내
팽개칠 듯이 그리웁다.
그러면 다시는 저 바닷소리를 듣지 못하리라.
그녀의 어름도 받지 못하리라.
하지만 내일 새벽.
실성한 어미다운 미소를 띠고
달려오실 바다시여.
내 살은 남김없이 당신에게 돌아가고

내 넋은 당신의 소리가 될 것입니다.

죽음의 춤

그건 가을날인데요.
햇살이 노릇노릇 졸고 있는
산 중턱 무덤가인데요.
부들이 손짓하듯 나부끼는데요.
갈대도 억새풀도 나부끼는데요.
하늘과 산모롱이 가득히
노란 깃털 파란 깃털이 흩날리는데요.
무덤의 주인들이 잠을 깨어나
가늘게 가늘게 눈을 뜨는데요.
아아 그런
가을날인데요.

웬 새가 쪼롱쪼롱 울며
날아가네요.

길, 돌아오는 길

나의 가슴에 차오르는 건
피인가요?
피인가요?
나의 피를 쥐고 있는 건
그대의?

뉘엿뉘엿 일어서는
봄.
누군가 고개를 내밀 것 같아요.
잔디처럼 굳은 땅을 뚫고
내가,
그 누구의 굳은 살을 뚫고
파릇이 돋아날 것만 같아요.

기도

하느님, 시험에 들게 하옵소서.
조그마한 미끼라도 저는 물겠나이다.
날파리나 날빛 하나 놓치지 않고
이것저것 덥석덥석 물겠나이다.
(그리하여 저 스스로 죄를 사하겠나이다.)
지쳐 쓰러져도
비겁할 기회
사악할 기회
친구를 저버릴 기회
당신을 욕 먹일 기회
오오 저의 공급은 결코 딸리지 않을 것이나이다.

하느님, 제게 모든 열매를 금하소서.
무화과나 사과 외에도
포도 복숭아 석류 아그배 독버섯까지
껍질 하나 뿌리 하나 남기지 않고
독기까지 모두 쏠아 마시겠나이다.
(그리하여 에로스가 아닌
당신의 자동면죄기인 배탈을 낳겠나이다.)

하느님, 아무래도
그녀를 사랑할 것만 같습니다.
당신의 엘렉트라,
사탄인지 뱀인지를
한 초 빨리 집 안에 들이옵소서.
당신의 일품인 미끼인
그녀를.

새를 위하여

우리는 서로 얼마나 닮았는가, 새여
그대 날개에 돋는 소름으로
땅거미를 지나칠 때
나무들은 둥지를 기울여 보인다.
일기장 갈피에서
잘 마른 시간이 너울너울 떨어져
부리 끝을 스친다.

나무를 지워버리렴.
그 둥지가 여기가 아니고
항상 저 너머인 나무.
항상 한 가지에서 다른 가지로
날으는 순간만 '여기'일 새여.

내 굴 입구의 금빛 나무가 쓰러지며
내뻗은 검지 손가락에
지평선이 걸려 터졌을 때
내가 방향을 버리고 고개를 쳐들었듯
그대, 나무를 지워버리렴.

글쎄, 그대가 왜 날개에 소름이 돋아
땅거미에 걸려 바둥거릴 것인가?
나무를 지워버리렴.
그러면 그대는
어디서나 자유.
한 나무에서 다른 나무로
둥지를 위해서는 날을 것 없이
온 벽이 부드럽다.

들벚나무숲

내 마음에 짚이는 바 없지만
이 들벚나무들은
나를 알고 있는 듯하구나
즐거워라
아마 나를 꿈꾸었는지
내 마음에 짚이는 바 없지만

어젯밤인가 아니면 이 새벽쯤
서늘한 바람이
숲을 휩쓸었다
게으른 몇 망울만 남기고
온통 피어오른 들벚나무 꽃들이
짓궂은 비에 모두 떨어진 후

들벚나무들은 낯설지 않게
나를 맞이한다
조금씩 몸을 비껴
둥근 빈터를 마련하고
살랑살랑 기억을 일깨우려는 듯

마른 꽃잎들이 떠오른다

이들은 나를 알고 있구나
아마 나를 꿈꾸었는지

어젯밤인가 아니면 이 새벽쯤
서늘한 바람이 불어왔었다
들벚나무꽃은 너무 붉었던지
흉한 식욕의 낙조는
온 숲을 불태웠던지
찬비가 몰아친 후

발등을 덮는 꽃잎 속에 손을 넣으니
촉촉이 젖은 꽃이
싸아하게 향기가
묻어나온다.

밤이 깊으면

소리가 세계를
그물처럼 받쳐준다.
새들은 지저귄다.
무의미한 소리도 의미 깊게.
소리가 그치지 않는 한
세계는 별수 없이
존재하기에.

나뭇잎과 바람이
다른 새와 새 들이
지저귀는 틈을 타
새는 멈춰 쉰다.
여전히 세계를 쪼아보면서
그물이 느슨해질세라
이어 지저귄다.

새가 지쳐 부리를 다물 때
느슨해진 그물코로 낙하해 잠이 들 때
화들짝 놀란 새를

나뭇가지가 받쳐준다.
바람이 작은 몸짓으로
불어온다.
새는 기다린다.
정적에 흔들리며

기다린다.

인어

그날, 그 골짜기
왜 그리
깊었는가 몰라요.

나는 뭍을 향해 헤엄치고 있었어요.
자색 밤이 바다를
에워싸고 있었죠.
진한 뭍의 냄새가 잠을 깨웠어요.
나는 뭍을 향해 헤엄치고 있었어요.

그 남자를 보았죠.
그 남자의 가슴에는 불이 켜져 있었어요.
마치 금장어 같았어요.
그날, 그 골짜기
왜 그리
깊었는가 몰라요.

우리는 두 조류의 파도.
마주 바라보았죠.

우리는 두 조류의 파도. 어깨를 스쳐
점점 멀어졌어요.
그는 바다로, 나는 뭍으로요.

그날, 그 골짜기
왜 그리
깊었는가 몰라요.

안개비 속에서

나무들은 자기 심장의 박동대로
새를 날린다.

급히 지나쳤으면 나는 아무것도
알지 못했으리라.
붉은 신호등 앞에서
겨우내 먼지에 싸여
그 옆의 제설용 모래 상자와 다름없어 보이던
쥐똥나무 덤불이 여릿여릿 숨쉬는 것을.

아직도 제설용 모래 상자와
별다름은 없어 보이지만.
보이는 대로 보지 말아야지.
그녀가 어떻게 보이고 싶었을까?
바로, 봄.
왠지 그러리라고.

붉은 신호등 앞에서 발을 멈추고.
그녀의 잠든 얼굴 위에

오는지 마는지 한 빗소리에 귀 기울이며

이제사 내 머리칼도

젖어들고 있다.

합숙 훈련

남들은 잠도 잘 못 잔다는데
나의 '과거집착 후회원망
좌절감 염세비관 의욕상실
열등감 대인공포 호흡곤란
우울 예기불안 악성피로
성급한 행동 긴장 강박관념
망상 집념 권태
브리핑공포 회의공포
자기집착 게으른 성격'은
잘 먹고 때 되면
잠도 잘 자
건강하게 자란다.

항구는 나에게 항구가 아니며

바다 가운데서만
나는 평화로우리.
하구에 기갈 든 입을 대고
두 손으론 구름을 움켜쥐고
내 둘레에 물을 불려

바다 가운데서만 나는
평화로우리.

해안의 기다란 거품
잡다하고 척박한,
다른 것끼리 섞여
망측한 알을 밴
자양의 더러움이 풍부한

그곳으로부터 멀어져
바다 가운데서만 나는
평화로우리.

나뭇잎 하나에

가장 너른 하늘을 보기 위하여
가장 너른 땅이 필요한 건 아니다.

비 온 뒤의 즙 많은 햇살을
빠는 나뭇잎.
그 치켜올려진 입귀에
황혼이 몰려든다.

간지러움, 간지러움
(간지러움은 통증)

모든 이파리에 바람은 말을 전하니
나는 거기에
귀 기울여야지.

병든 달

1

종이갑 속 파란 약병에
돌돌 말린 설명서나
아무 의사의 처방전 없이
의혹을 품으며 믿으며
불안해하며 믿으며
믿으며 두려워하며
믿음으로 숨어 있는 힘에 이끌려
나는 비약을 삼킨다.

돌아와요, 제발.
(제발이라고 말하는 걸
용서해줘요.)
나는 비약을 삼킨다.
말라 죽은 나무를 껴안고.

오, 추악한 꿈!
살아 있는 자에게 한 번도

부려본 적이 없는 어리광을
죽은 자에게!

말라 죽은 나무를 껴안고 나는 중얼거린다.
나는 건강이 역겹다.
(모두들 건강할 때
나의 건강이)

얼룩진 달무리의 괭이 같은 눈이
힐끗 쏘아본다.

2

그녀의 손톱은 그 옛날
시저의 것처럼 창백하구나.
'너마저도, 브루투스!'
너마저도
너마저도

그리고 너마저도 詩여!

최초에 향수를 쓴 자
죽음의 것을 훔친 자
용감하여라

장미꽃은
얼마나 용감한가 또한
어리석은가
최초의 장미꽃은
미라의 뻣뻣하고 향기로운
살갗을 벗겨낸 자는

그 향기에 저주받아
그녀는 가슴을 무덤에 처박고 있다
너마저도,
너마저도,
그리고 너마저도 시詩여!

신성한 숲

— 어떤 사냥꾼도 그처럼 많은 자기의 적에게
둘러싸인 적이 없었으리라.

이 숲,
들벚나무와 사시나무
뿌리 사나운 아카시아와 싸리나무, 소나무
뜻밖에 만난 놀란, 한 그루의 향나무와
밟은 적도 긁힌 적도 무수한
덩굴나무와 가시나무.
본 적은 있으나 이름 모를 나무들과
보지 못한 나무들
보지 못할 나무들
이 숲.
꿈틀거리는 나무 사이로
두려움 없이 내가
지나갈 수 있을까?
나는 새처럼 가볍지도 않은데
이들은 내게 적의의 새를 날리지 않을까?
이 숲.

나무의 무리 가득한
숲
안개로
깊어지고.

꽃밭에는 비들이

구름에 섞여 있는 유리창을
손가락 끝으로 누른다
움푹 패는 웅덩이에
여름이 옷을 벗고
걸어 들어온다
동자꽃으로 가슴을 가리고

빗방울이 꽃술에 떨어져
조그만 금빛 강을 이룬다
금빛 강은 금빛
꽃가루의 폭포로 흐르고

근처 어디서 한창 풀이 깎이나 보다
물받이통을 붙들고 바람이
연록빛 재채기를 해댄다.

후회

깊고 깊어라.
행동 뒤의 나의 생각.
내 혀는 마음보다
정직했으니.

오늘 저녁은 아무튼

저 하늘은 자연스럽지 못하다.
얼음조각을 부어놓은 듯
구름은 녹을 생각 없이 빛나고
노란 해는 애드벌룬처럼 떠 있다.
휑한 눈초리기도 해라.
문간에서 달님이
따분한 기색으로 기대어 있다.

오늘 저녁은 아무튼
자연스럽지 못하다.
바람이 무겁게 져 나르던
황혼을 엎지르고
흘깃 열린 창을 흘깃거리던
새는 미끄러져
부리를 짓이길 듯 창을 쪼아댄다.
더운 에텔이 솟구쳐
머리끝에 고인다.

화분과 화분 사이로 풀밭이
물방울처럼 매달려 있다.

내 머릿속에 나무 하나가

내 머릿속에 나무 하나가
그 뿌리를 억세게 뻗어
머리를 옥조이고
피를 흡빨고

향기 같은 것
잎새 소리 같은 것
가끔 그런 것이나 보내오고
꽃도 잎새도 없이

내 머릿속에 나무 하나가
그 뿌리만 억세게 퍼져
혀를 짓누르고
꿈을 지배하고

아, 나는
꿈속에서도 쉬지 못한다
한 치의 빈틈도 없이
내 머릿속에
나무 하나가.

로망스

1

바람은 불 만하니까 불겠지
그러니 불 만해야 불겠지
동굴처럼 열리는 바람
열릴 만하니까 열리겠지만
열릴 만해야 열리겠지만

종알종알 속살거린다 해서
비명이 아닌 건 아니겠지만
그는 태어나려고
고통스럽다
그렇지?

오, 열려라, 바람이여
고통스럽겠지만
이대로 잠들지 말아다오, 언어여
실어가에 나직이 자리 잡은
존재여

2

나는 안다.
내 문 앞에 그가 늘 기대어 있는 걸.
어쩌다 내가 문틈으로 내다볼라치면
그의 눈과 마주친다.
그러면 그는 꽥 소리를 지른다.
기쁘고 쑥스럽고 슬픈 목소리로.

나는 즐겁다.
그가 내 문에 기대어 있는 것이
그의 눈을 보는 것이
그와 잠깐 얘기를 나누는 것이
즐겁기도 하지만
그 모르게 살짝 외출을 다녀올 때
빈방 안을 하염없이 지켜보는
그의 등을 보는 것이
즐겁다.

길을 가다가

풍경을 이루는 데는 쓰잘 데 없지만
풍경을 지켜주는
그리고 지금 풍경의 창인
철망을 그리자. 우선
그림의 액틀, 액틀 속의 액틀 그림.
진하게. 칠이 벗겨진 녹색으로.
다음에 무슨 색을 쥐어야 할까?
가랑잎의 팔짱을 끼고
지붕 위와 뜰을 거닐며
종탑과 유리창의 윤곽을.

찌그러진 남대문통의 소음도
성마른 시간도 남산터널도 비껴간
오램. 부드러움. 침묵. 비밀.
하염없음. 개방된 조용함.

노오랗게 나는 은행나무처럼 철망을 들여다본다.
등 뒤로는 자동차들이 쏟아지고.

이제 마무리하자.

발밑에 둔덕진 은행잎과 먼지흙을 휘저어라.

철망을 퇴색시키라.

굴절된 사팔뜨기의 네 눈을 지압하고

버스를 타러 가자.

얼룩

용서하시라, 옥의 티를
털 스웨터의 빠진 코
미니스커트의 터진 솔기를
다 걸리면 그렇게 되도록 돼 있느니
그녀의 짝짝이 마스카라
짧은 사랑에 긴 변명

연서 귀퉁이의 향수 자국
짙다 보면 얼룩이 지느니
용서하시고
눈 딱 감고 들이쉬시라
꿈같은 기분
즐거운 추억거리를.

상투적

인사를 모르는 것은
나의 상투이길래
그래서 나는
상투적인 것은 질색이어서
인사를 꼬박
찾아다닌다 그즈음

바람은 상투적으로 집적대고
상투적으로 피는 풀
상투적으로 야기되는
작년 이맘때
작년 이맘때

그래서 나는
이맘때가 아니고 작년이 아닌 곳을
상투적인 물병과 김밥을 들고
내가 상투적으로 혼자가 아니고
상투적인 헤맴도 아니게
선생님 뒤를 따라 걷는다

산골짝의 다람쥐 아기 다람쥐

긴긴 무덤길에 복숭아나무는 뽀얗게 꽃을 피우고

무덤은 복숭아처럼 뼈를 키우고

그 길 끝의 봉은사

상투적으로 경건해라

지금은 봉은사, AID 아파트 다음 정류장이지

그러면 그 앞에

정류장이나 정차장을 두고 있는 게

요즘 절의 상투라면

인사를 아는 것은

나의 상투이길래

그래서 나는

상투적인 것은 질색이어서

인사를 꼬박

제껴버린다 그즈음

바람은 상투적으로,

눈

무슨 걸음이 저럴까?
비틀 비틀 비틀
저 뒤를 쫓아가면
비틀 비틀 비틀
난 볼 수 있을까?
비틀 비틀 비틀

발자국이 찍힌다
발자국이 어지럽게
종으로 횡으로 대각선으로
사방팔방으로 그들은
부딪혀도 부서지지 않고
정연하게 흩어지고
어지럽게 모인다.
분주히 안테나를 세우고
그들은 교신하고
그들은 보이지 않고
발자국이 어지럽게
자꾸만 자꾸만 찍혀

자기의 발자국이 자기의 발자국을
자기의 발자국이 남의 발자국을
자꾸만 자꾸만 밟으면서 자꾸 주파수를 바꿔 교신하
면서

비틀 비틀 비틀
걸음을 멈추니 보인다
볼품 있이 커다란
하나의 발자국.

잠든 시리우스

그는 나의 가슴에 누워 있네
라라라 나의 가슴에
뱃머리에 앉아 쉬는
구름장을 젖히며
바람이 지나가네
그는 나의 가슴에 누워 있네
손톱의 불을 끄고
어느 수부의 가슴도 할퀴지 않고
명징한 빛은 파도에 잦아들어
라라라 나의 가슴에

새는 하늘을 자유롭게 풀어놓고

보라, 하늘을.
아무에게도 엿보이지 않고
아무도 엿보지 않는다.
새는 코를 막고 솟아오른다.
얏호, 함성을 지르며
자유의 섬뜩한 덫을 끌며
팅! 팅! 팅!
시퍼런 용수철을
튕긴다.

여백

편지가 와 있다. 문을 나서며 나는
골방의 생쥐가 무심히 헌책을 갉듯
봉투를 찢고. 함께 귀퉁이를 잘린 편지는
부신 눈을 뜬다. 담벼락에 밀어붙인 눈더미에
굴을 파고 켜놓은 촛불을 바라보는
꼬마처럼 나는 편지를 읽으며
걸으며 미끌, 이게 무슨 말일까
염화칼슘을 조금 뿌려본다.
부식된 도로의 체액이 질척하게 구두에 들러붙는다.
나는 얼른 눈을 딛고 구두를 문지른다.
미끄럼을 즐기기로 한다. 아, 미끄럼을 지쳐
버스가 온다. 나는 껑충 뛰어 버스에 오르고.
쓰러질 뻔하다가 검은 코트의 등에
코를 박는다. 젖은 버들강아지
냄새로 버스는 중심을 잡고.
나는 천천히 편지를 읽는다.
나는 내가
몸을 띄워 버스에 오를 때
무엇이 떨어져나갔는지 구체적으로

허전해지기 시작한다.
왈칵 접히며 버스는 급정거하고.
나는 쓰러질 뻔하며 검은 코트에 코를 박고.
사람들이 허둥허둥
버스에 오른다.
그들은 비틀거리다 중심을 잡고
허전한 얼굴을 한다. 어쩐지
정류장마다 누군가 떨군
한 페이지가 펄럭거린다.

그것은 영영 읽히지 않고.
정차표 밑에서.
어린 수녀처럼.

여섯 조각의 프롤로그

1

일전에 받은 진단은 이렇다.
병인 : 비밀 과다. (아마, 결국, 의사는 자신 없이
중얼거렸다.)
증세 : 눈알이 식물처럼 멀게지다. (의사는 한참을 끙
끙거리다
만족한 듯 웃어 보였다. 문장이 마음에 들었나 보다.)
과연 며칠 후, 숨이 차서 내려다보니
발바닥부터 가슴까지 목질이 되어 있었다.
그리고 머리털 끝까지 목질이 됐었던 모양이다.
된 잠에 청어처럼 절어
간신히 아가미를 열 때까지.

그 사람이 보고 있는걸.
뿌연 이중창 너머로.
숲에서였는데.
시간이 살얼음 지며 체관을 타고 흐르고.
깔깔한 혀로 머리 위의 먼지를 핥던 햇빛은

공기 중에서 기척 없이 떨어지고.
아무도 몰랐어, 밤이 온 것을.
아무것도 흔들지 않고 왔으니까.
그 사람은, 모르겠어.
어쩌면 딱따구리가 되고 싶었는지.

2

그래, 요즘은 무슨 꿈을 꾸어요? (의사는 메모지에
낙서를 하는 체하지만, 꿈. 꿈. 무슨.)

내 가지 끝으로
바람이 불어와요.
내 머리는 부풀어
구름처럼 바람에 휘둘리는데
지구는 내 발을 누르고 나사를 조여요.
갉작 갉작 갉작
발등에 기어오르고

갉작 갉작 갉작
그들은 한 발 한 발 조여오고
내 몸은 떠오르지 않고.
(의사는 계속 말이 없는데, 내 말을 듣는 체
잠을 자나 보다.)
활주하는 새, 보았어?
활주하는 새, 보고 싶어.
힘찬 새가 재미로 활주하는 것.
심심해 죽겠어서 활주하는 것.
하지만 새는 한 번 발을 굴러
단숨에 솟아오르지.
위급한 새만
활주한다.

3

엉겅퀴꽃을 드릴게요.
엉겅퀴꽃에서는 무화과 냄새가 나요.

(마태가 엉겅퀴밭에 불을 지른 후
엉겅퀴꽃의 형질에 변이가 왔다.)

의사는 투덜거린다.
엉겅퀴꽃 때문에 방 안이 캄캄해졌다고.
(창을 조금 열으세요.
바람을 부르세요.
꽃잎이 흩어지고 어둠이 퍼지게요.)
나도 그렇다고 생각한다. 싱싱한
엉겅퀴꽃은 너무 어둡다.

4

내가 그것을 안아주면
그것은 나를 따뜻하게 한다.
그것은 내 품에서 잠을 깬다.
죽음의 상냥한 눈을 뜨고.

(의사는 내게 안과를 가보라고 했다.
내가 이렇게 말했기 때문이다.)
나무들이 안개를 피워요.
참새는 오리만 하고 햇님은 양산을 타고 있어요.
장미가 흐트러진 속옷을 보여요.
돌멩이는 오자미 같고 길이 아주 수더분해요.
(의사는 나의 느긋한 얼굴에 밸이 꼴린 모양이다.)
소견 : 피로 (과민에 의한 쇠약)에 의해
     만물이 번져 보임.

5

밤새 세포가 바뀌었어요.
내 피톨 속에 뭔가가 침입했어요.
(의사는 환멸스런 표정을 한다.)
어떤 모양인지
어디를 흘기는지 모르겠지만
확실히 피돌기가 느려졌어요.
심장이 늪이에요.

내게 깨끗하게 날이 선 손도끼가 있다면
(가혹하지만, 정말!)
내 목 바로 밑을
가볍게 찍어보고 싶어요. 딱
한 번만.

6

(햇볕에 뼈를 바래고
싶을 날도 있겠지
이끼 낀 늪 속에 잠겨 있으면, 이건 마법사처럼
의사가 중얼거린 말이다.)
기대고 스밀
더 큰 비밀, 혹은
다른 비밀이 필요하다. : 최종진단

나는 손바닥의 끈끈이를 옷에 문지르고
창밖에 내민다.

햇빛은 슬쩍 건드리고 달아난다.
스며들지 않는다.
살이 내비치는 꽃봉오리들에게로
분주히 달려간다.
(이건 객담이지만, 의사는 말한다.
야만스런 사랑이지요?)

안개

1

마셔도 마셔도
줄지 않는다.

혈관이 안개로
탱탱 불거진다.

토해도 토해도
줄지 않는다.

2

나의 감관은 마비되어
유리처럼 무구하다.
유리질의 혀로 유리질의 살갗을
핥아본다.
나는 유리가루 속을 떠다니는

한 장의 유리다.

3

유리가루만큼 작아져서 보니
무수한 망막으로 가득하다.
흘깃 바라보는 숨은 눈초리처럼
서늘한 바람이 망막을 흔들며 지나간다.
나는 망막에 닿아 터뜨리지 않도록
한껏 몸을 둥글게 한다.

4

나는 표면을 만져보는데도
아주 조심을 하지만 손이 빠진다.
정교한 초입체 스크린이다.
그런데 아무것도 상영되지 않는다.

소리도 색채도 활동도
효과적인 것이라고는 하나도 없는
그것이 효과로
소리를, 색채를, 활동을, 모의한다.
아무리 기다린다 해도 나는
아무것도 보지 못한다.
나는 스크린 속의 인물이다.

5

스크린 속의 인물들.
신부님. 거지. 학생. 깡패. 전경. 어머니.
천사. 어린아이. 교사. 장사꾼. 애인들.
스크린 속의 인물들은 서로 만날
확률이 있다.
우리는 정면을, 관객을 향해 둠으로
서로 모습을 볼 수 없지만
손을 잡을 수 있다.

어쩌다 키스 신이라도 있으면
아마 얼굴을 볼 수 있겠지.

그대의 눈. 그대의 코. 그대의
놀라운 입술, 놀라워라.
문득 공기는 투명해지고
나는 그대의 놀랍게 분명한 홍채를 들여다본다.
본 적이 없는 빛깔의 돌출하는 파문.
하나의 추상이 구체적으로
그토록 구체적으로 선뜻, 나타나는 것에
움찔, 뒷걸음치다 다가오는 시선을
나는 본다.

그런데
언제까지 입을 맞대고 있을 것인가?
여름 한낮.
너무 오래 개인 날씨의
끊임없는 지열이여. 입술은 마르고
피부를 덮고 있는 들뜬 피로 속에

우리는 손을 놓는다.
우리를 불투명으로, 추상으로
이상한 짐승으로, 혹은 잠이라 불리는
촉촉한 부드러운 미립자의 버섯의 세계로 인도하며
차분히 안개가 차오른다.

거울

나는 너무 자주 거울을 보고
눈과 입이 모로 돌아가네.

거울은 내 눈알을 자기 눈알에 집중시키기를 고집하고
그런 주제에 따분해하고
나는 사랑도 없이
그를 감시하네.

칼자루는 내가 쥐고 있다는
우리의 아닌 관계를 깰 수 있는 건
거울이 아니라 나라는
별 즐거움을
거울은 적막하게 웃네.

때로는 호의로서
때로는 짜증에 졸려
왜 그럴까?
거울은 내가 기껏 구한 운율을
싸구려 기름에 튀긴 헛소리로 바꿔치고

모처럼의 꿈을
불심검문해 달아나게 하고.

내가 외도를 한다면
나는 훨씬 소박하고 상냥하게
웃을 수 있을 터.

추락은 가벼워

그렇도다! 살아서 천국에 갈 수는 없는 법이로다.
— 프랑수아 비용

그건 난다는 것.

날으는 길은 허공.

(허虛와 공空으로 길이 나다니!)

하늘에 계시는 아버지시여.

땅속 깊이 저는 꺼지나이다.

위로 난 길은 너무 멀어

저는 지름길을 찾았나이다.

그건 난다는 것.

(허공! 거울에 비친 공허)

어쩌면 아버지,

받침대를 잃고 담쟁이 덩굴이

밑으로 자지러드는 건

뿌리가 그곳에 있기 때문입니다.

아버지시여,

나의 어머니, 뿌리.

땅 전체가 뿌리이며 중력은 그녀의 애정입니다.

그건 난다는 것.
당신의 경멸과 그녀의 중력으로
아뜩한 허공으로 난 길.
공기와 나는 서로에게서 빠져나와
담백해지려고 서두른다.
날면서 나는 죄, 혹은 의식을 토해내고
끊임없이 나를 용서하고
세계의 운율들이 한꺼번에 몰려들어
숨과 교체하고

날아오를 때 나는
내가 무거웠나이다.
안녕, 아버지.
빛처럼 가벼이
나는
터지나이다.

봄

온종일 비는 쟁여논 말씀을 풀고
나무들의 귀는 물이 오른다.
나무들은 전신이 귀가 되어
채 발음되지 않은
자음의 잔뿌리도 놓치지 않는다.
발가락 사이에서 졸졸거리며 작은 개울은
이파리 끝에서 떨어질 이응을 기다리고.
각질들은 세례수로 부풀어
기쁘게 흘러 넘친다.
그리고 나무로부터 한 발 물러나
고막이 터질 듯한 고요함 속에서
작은 거품들이 눈을 트는 것을 본다.

첫 뻐꾸기가 젖은 몸을 털고
떨리는 목소리를 가다듬는다.

,

바람이 내 투망을 걷어갔어.
아니면 정신없이 걸린 새 녀석들이
합심해서 삼켜버렸나?
휑하니 서 있는데
정말, 살금살금 움직이지 않고
서 있기도 오랜만인데
땅바닥이 왜 이리 평평하냐!
어지러워. 둥근, 가는 나뭇가지에
발가락을 걸고 매달리고 싶다.

복 받을진저, 진정한 나무의

오, 집어치우자, 갈참나무를.
단풍나무를, 오동나무를.
우리가 어느 나무의 몸을 통해 나온 욕망인가를.
욕망이면 욕망이었지, 집어치우자.
십대의 나무를, 이십대의 나무를.
무엇보다도 불혹의 나무를.
복 받을진저, 진정한 나무!
의지와 욕망과 해방으로부터 해방된
의지의 나무, 욕망의 나무여.
수액은 나이테를 둥글게 하고
이파리를 꿈틀거리게 한다.
그대의 소중한, 생명의 대롱은 찰랑거린다.
푸른 내 나이 몰아가는 힘이
꽃을 피우는 힘에 몰리고 있다.*
복 받을진저, 진정한 나무의
이마에서 뛰는 심장의
혈기방장한 이파리들!

* 푸른 도화선 속, 꽃을 몰아가는 힘이
  푸른 내 나이 몰아간다. 나무뿌리 시들리는
  힘이 나의 파괴자다.
  — 딜런 토머스

장의사는 부재중

분출하는 정신의 방향표지판의

확산. 급전하는 자기암시의

마찰. 연기. 하늘을 발가벗길 폭음.

명치 끝을 따라

이 모든 것을 준비한 뇌우가 달려간다.

머리가죽을 뚫고,

드디어, 손을 뻗어 내민다.

순식간에 얼음 한 덩이가 손에 맺고.

마그마의 개울은 응축된다.

그것은 고스란히

몸을 수직으로 관통한

바늘이 된다.

작은 탑 같은. 뭉그러진 안테나 같은.

핀 머리가 전두엽 수술자국처럼 무슨 선고처럼 묘비

처럼.

나를 표본대에 고정시킨다.

일용할 물

오늘은 또 어디서
머리를 적시나
어디서 가슴을 적시고
발을 적시나
오늘은 또 어디서
온몸이 젖어
뚝 뚝 물 떨구며
돌아오나
돌아와 젖은 그림자를
바람벽에 널어놓고
말려보나

벌레들의 계절

대기는 몰수되는 대지의 정기로 탁하게 들떠 있다.
대기는 정지해 있다.
질주하려고 새는 바둥거리나
정지한 대기를 헤어나지 못한다.
꾹꾸 꾹꾸 꾹꾸
새의 딸꾹질 소리가 소금기처럼 떠오른다.

대기는 정지해 있다. 정지해 있는 대기 속을
질주하는 새는 흡사
집중 사격을 받고 공중에
치솟아 일순
정지해 있는 것 같다. 그리고 대기가
대신 달리는 것이다.

기우뚱거리며 풀밭이
수직으로 쏟아진다.
바스락바스락 벌레들이 속날개를 펴고
함성을 지르며 날아오른다.

말갛게 달군 햇살의 소나기 속을 질주하며
새는 흠뻑, 날개를 턴다.

그가 '영혼'이라고 말했을 때

그가 '영혼'이라고 말했다.
가을 햇살 속에 떨어지는 첫눈처럼
이국어처럼
이국에서 듣는 모국어처럼
그것은 부드럽고 신선하게
내 귀에 스며든다.

방금 지나가는 노란 택시는
이 순간 고요하고 투명하다.
덜컹거리며 들어서는 외기를
햇살은 감싼다.
햇살은 또 내 가슴속으로
출렁거리며 들어와 순식간
나의 영혼을 일구어
외기로 범람시킨다.

커피잔과 흰 탁자와 유리창, 바깥 거리가
물속에서처럼 흔들린다.
어떤 말 속에서 우연히

그가 '영혼'이라고 말하자
가랑잎들은 동요하여 되뇐다.
'영혼' '영혼'이라고.

그가 '영혼'이라고 말했다.
그 말은
야, 되게 신!
오렌지처럼 향기로운 햇빛!
피에 산미를 더해주는 바람!
나의 피톨들은 햇살을 가르고
수억 개의 팔랑개비처럼 돌아간다.

시작법

너무 멋을 부리며 추락하라.
주책스럽게 구성지게 울어싸라.
이 시대의 몸짓으로.

자연스럽게 자연스럽지 못하게
자연스럽지 못하게 자연스럽게
우왕좌왕 선회하는 가랑잎에게 정처를 주고
새의 노래에 요령을 주라.

길과 파혼하라.
동행이 있을 때만
길을 가라.

머리를 화살표 방향에 두라.
자유스럽지 못하게 자유스럽게
자유스럽게 자유스럽지 못하게

동의하라.
모든 인사에.
모든 안다고 우기는 것에.

눈 내리는 밤

가는 발소리 크고
오는 발소리 작다.

눈아!
고맙게 오시는
네 발소리
작다.

(드러나서 어떻다는 게 아니라)
지켜서 향긋한
자기의 비밀에 정신이 팔린
밤.

(급경사 길에도 커브 길에도
고루 내리고)
창에 와 닿는
눈의 부드러움이여.

절망은, 없다

장이 파할 무렵.
번들거리는 판대기 위의 돼지족발에 앉아 있던
희망이 500원어치씩 희망꾼들 안주로
야금야금 삼켜지고
그래도 잔뜩 남은
희망이 다른 희망들과 함께
보따리로 꾸려진다.

꾸려진 희망들은 저마다 잠을 찾아가고
안 꾸려진 희망들은
정류장 근처에 몰려 아우성친다.
beat it! beat it! 튀는
덤핑 희망 카세트 노래에 맞추어
희망이 도처에 넘치고 있다.

하청받은 희망. 급조된 희망.
수요 없는 희망. 정비 불량의 희망.
공장도 가격의 희망. 썩어나는 희망
썩지도 못하는 희망.

무단 복제 해적판 희망. 수입된 희망.
S. F. 희망. 금메달급 희망이
진눈발과 함께 지분거리고.

희망은 돼지족발 위에 앉아 있고
500원어치씩 희망꾼들 끼니로 삼켜지고
그래도 남은 희망은
다른 희망과 함께 보따리로 꾸려지고
그래도 안 꾸려진 희망은
위생적인 어둠 속에서
비위생적인 불빛으로 흐르고
어떤 희망은
일렬로 세워진 리어카 아래
모로 쓰러져 잠이 들고.

주머니에서 손을 빼면
그것은 흠뻑 정전기를 띠고
묻어나온다.
희망은 막차 운전대 위에 앉아 있고.

불투명한 아침

너는 푸냐에서 자면서 필라델피아에 있는 꿈을 꿀 수 있다.
그러나 아침에 너는 필라델피아에서
깨어나지 않고 푸냐에서 깨어난다.
— 오쇼 라즈니쉬

그들이 어디서부터 오는지 나는 미리
알지 못한다.
그들이 내게로
오는 것만 안다.

바로 아래층 층계에서부터
그들의 발자국 소리가 들린다.
투벅
투벅
투벅
그들은 내 방문 앞에서

나를 부르지 않는다.
탁! 탁! 탁!

빨래를 털어 넌다. 혹은 장독대에
볼일을 보러 간다.

간혹 그들은 나를 부른다.
한 접시의 반찬이나 한 장의 청구서를 내밀려고.

그들의 볼일은 항상 진실하다.
그들의 볼일에는 추호의 거짓이나 망설임, 악의가 없다.
그들의 볼일은 명료하고 적당히 정중하고 적당히 수
줍다.
그런데도 항상 나는
속았다는 느낌이
든다.

우리 세대의 불감증

1

눈물의 기억의 부스러기. 눈물의 추상, 개념의
가루 같은 것을 씻내 나는 수돗물에 녹여,
녹지 않길래 난로에 올려놓고 데워,
도 녹지 않길래. 라면을 끓인다.

내 흉곽은 사정없이 갈라져
스웨터 위로 먼지가 풀썩거리는데
아프지도 않다.
하늘엔 풍성한 구름.

먼 훗날. 남한강 하류에 쌔고 쌘
돌밭을 하릴없는 사람 하나가
헤집고 다니다가 우뚝 멈춰 생각하기를,
자연의 이 오묘함,
아닌 것 같기도 하고,

돌밭을 거닐다가

불멸의 돌. 오묘한 자연의,
아니, 아냐. 나는 쌔고 쌘 돌로
닦이고 닦이고 닦일 것,

이런! 아프지도 않다.

2

문득 깨어나
목 없는 사내와 사랑해볼까?
그건 가능한 일.
용광로 속에 몸을 던져라.
머리는 기포처럼 투명하게 비워두고.

목 없는 사내, 혹은 손 없는,
성기 없는 시대와의 정사.
즐거우신가?
나의 시詩의 마스터베이션.

오, 제발!
기교? 이건 기교 차원도 아니고,
나무토막이다. 당연히
나는 나무토막이다.
이 환멸스런 사랑, 망측한 사랑,
이 시대의 불감증.

나는 젊고, 나는 sexual하다.
보라! 취할 수 있는 쾌락을 찾는
내 눈이 바늘 끝 같지 않은가!

나는 그대와의 사랑을
원하고, 원하고, 원하노라.

비명碑銘

131

그 여자를 반듯하게
편히 뉘어도 좋다.
잊지 말아야 할 것은
그녀 가슴 위에 공책 한 권.
그리고 오른손에 펜을 쥐여
포개어놓으라.

비바람이 뚫고 햇살이 비워낸
두개골 속을
맑은 벼락이 울릴 때,
그녀 오른팔 뼈다귀는
늑골 위를 더듬으리.
행복하게 삐거덕거리며.

서울의 밤

수은등은 가로수의 마른 이파리 속에
둥지를 틀고 웅크리고 있어요.
그대 머릿속에서 바삭거리는
쓸쓸하고 불안스런 꿈을 적시며.

그대, 밤고양이로
어슬렁거리지 않는다면
그대, 수상한 밤의
반쪽 달이나마 바라볼 수 있었겠어요?

그가 말씀하시기를,
내 발톱에 꼭 맞는
당신의 흠집을 사랑해요

사랑한대요.

새벽이에요.

그대 눈의 아늑한 전구

으스러뜨리며
사나운
동이 터요.

외출하다

1

거울 속의 거울을 들고 있는 나
내가 든 거울 속의 내가 든 거울
내가 든 거울 속의 거울을 든 나
그 내가 든 거울 속의 내가 든 거울

거울의 동굴을 지나면서
작아지고 작아지면서
거울 속의 거울을 들고 있는 나
내가 든 거울 속의 내가 든 거울
작아지면서

2

나는 쏟아져 나왔다.
프리지어꽃은 다시 시들고
라디오의 아이들은 노래한다.

그 노래, 눈썹에
초록안개로 서리고.

If you're happy and you know it,
손뼉을 치래요. 발을 구르고
고개를 살랑살랑 저어보래요
봄 햇살에 고루고루
뺨을 비비는 꽃처럼요.

초록안개 맺히고
프리지어꽃 청초해지고
나는 입술을 붉게 지운다.

3

비둘기를밟을뻔한다뒤에오는내가비둘기를밟을뻔한
다그
뒤에오는내가비둘기를밟을뻔한다그뒤에오는내가비

둘기

가로수들은 빛이 샌 필름

산소 결핍과 정적 결핍과 탄력 결핍의 도로 위를

결핍의 탄력 있는

자동차 바퀴가 미끄러지고

간판들은 윙크를 던지고

오, 안녕! (사랑받는 최신모드 진열창이

유리질의 자력으로 나를 이끌고)

나는 지금 막 이 나이로 이 거리에

하늘에서 뚝 떨어진 게 아니라

맨홀에서 불쑥 솟은 게 아니라

갓난아기로 태어나

조금씩 조금씩 조금씩 조금씩

꾹 꾸 룩 꾸 꾸

선물

그에게 그늘에서 잘 건사한
마른 꽃 한 바구니를
아니면 장미꽃 몇 송이, 혹은
물망초 한 다발을
주어야지, 화병에 꽂을 수 있게.

그게 화분에 담긴 제비꽃이라면
앙증스런 담쟁이라면
아무리 조용하더라도
그게 어항 속의 두 마리 붕어라면
아무리 아양스럽더라도
하루에 두 끼는 먹여야 하는 강아지라면
새장 속의 노란 새라면
아무리 낭창낭창 노래하더라도

그는 문 앞에 날 한참이나 세워놓고
내 손을 노려보리.
옳아, 길어야 한 몇 날.
그 이상 그에게 맡길 수 없어.

난 붉은 얼굴로
쩔쩔매며,

연하 카드

알지 못할 내가
내 마음이 아니라 행동거지를
수전증 환자처럼 제어할 수 없이
그대 앞에서 구겨뜨리네.
그것은, 나의 한 시절이 커튼을 내린 증표.

시절은 한꺼번에 가버리지 않네.
한 사람, 한 사람, 한 사물, 한 사물
어떤 부분은 조금 일찍
어떤 부분은 조금 늦게

우리 삶의 수많은 커튼
사물들마다의 커튼
내 얼굴의 커튼들

오, 언제고 만나지는 사물과 사람과
오, 언제고 아름다울 수 있다면.

나는 중얼거리네. 나 자신에게

그리고 신부님이나 택시운전사에게 하듯
그대에게.

축, 1월!

유다

그리움이 크면 환상.
환상의 비눗방울을
그저 보시라.
만지지 말라.
만지지 말라.
만지지 마, 말라니까!

그리움이 크고 겁이 없으면
그를 다친다.

대침묵

‘침묵’이라고 써서 붙인다.
방문에 붙은 ‘외출삼가’ 옆에
빨간 코트에, 머플러에, 8시 45분에
전화기에 텔레비전에 카세트라디오에
애거사 크리스티의 『크리스털 살인사건』에
거울 위에
향기가 요란한 뉴욕. 런던. 파리.
서울의 오드콜로뉴에.

침묵. 침묵. 침묵.
아아 시끄럽구나.
침묵. 침묵. 침묵.
미친것 같으니라고!
‘침묵’이라고
쉴 새 없이 중얼거리는구나.

침묵에 재갈을 물리자.
‘침묵’.

'여기'와 둥지

오규원
(시인)

1

나무·고양이·지네·새는 황인숙의 시에 주축을 이루는 시적 자아의 현실태들이다.

내 머릿속에 나무 하나가

그 뿌리를 억세게 뻗어

머리를 옥조이고

피를 흡빨고

향기 같은 것

잎새 소리 같은 것

가끔 그런 것이나 보내오고
꽃도 잎새도 없이

―「내 머릿속에 나무 하나가」

이 나무는 "꽃도 잎새도" 없다. 그러므로 그것은 나무라고만 느껴지는 관념적인 존재이다. 그러나 그 나무는 "뿌리를 억세게 뻗어／머리를 옥조이고," 또 "피를 흡빨고" 하는 존재이다. 그 나무는, 그런데, 역설적이게도 향기와 소리 같은 것을 보내온다. 그 나무는, 그러니까, 고통과 환희를 동시에 안겨주는 양면성을 가지고 있다. 그래서 시적 화자인 '나'는 "아, 나는／꿈속에서도 쉬지 못한다"고 토로한다.

나무가 뿌리를 억세게 뻗은 곳이 '머릿속'이므로, 그 나무는 관념상의 존재이지만, 그렇기 때문에 '나'의 머릿속은 땅이 되고 피는 물이 된다. 그 땅인 머릿속에 대한 믿음을 시인은 이렇게 적고 있다.

가장 너른 하늘을 보기 위하여
가장 너른 땅이 필요한 건 아니다.

―「나뭇잎 하나에」 부분

그런 믿음은 잎과 같은 작은 것들을 세계와의 통로로 감지한다. "모든 이파리에 바람은 말을 전하니"(「나뭇잎

하나에」) 등이 그것을 구체화시켜준다. 그러나 믿음과
현실과는 반드시 일치하지는 않는다. 그럴 때 나무는
"이파리를 / 떨군다"(「어느 날 갑자기 나무는 말이 없고」).
그러고는 어둡고 차가운 흙으로 뿌리를 내린다.
　흥미로운 점은, "챙강챙강 부딪히며 / 깊어지는 낙엽
더미 / 아래에"로 뿌리를 내리는 정황을 두고 다음과 같
이 표현하고 있다는 사실이다.

　　(그런데 참 이상한 일이지만
　　그곳이 그리워지기도 하는 모양이다.)

　즉, 잎→낙엽→낙엽 더미→썩음→죽음으로 이어
지는 연상 체계는 사상되고, 차가운 흙→깊어지는 낙
엽 더미→이불→두터움→따스함→그리움으로 이어
지는 연상적 의미의 세계를 위의 시구가 떠올리고 있다
는 점이다. 시적 대상으로서 물리적 공간에 있는 나무
는, 시인에게는, 철저히 의식의 상승과 하강 운동을 비
추는 대상으로만 파악되고 있다. 이런 관점의 극단은,

　　오, 늙은 것은
　　우리의 눈.
　　세상은 결코
　　결코 변치 않는다.

변치 않는 건 나이를 먹지 않는다.
그녀는 싱싱하다.
아가의 눈엔 언제나.

새로 태어나기.
썩은 고기도 그의 젖니엔
능금처럼 싱그럽다.
새로 태어나기 위해
우리가 하는 짓.
별짓 하는 동안만은
세상도 살 만한 것?

—「당신들의 문제아」 부분

과 같은 시구를 낳기도 한다. 문제는 '눈'에 있다. 이럴 때, 황인숙의 시 쓰기는 눈뜨기의 다름 아니다.

이 숲.
들벚나무와 사시나무
뿌리 사나운 아카시아와 싸리나무, 소나무
뜻밖에 만난 놀란, 한 그루의 향나무와
밟은 적도 긁힌 적도 무수한
덩굴나무와 가시나무.
본 적은 있으나 이름 모를 나무들과

보지 못한 나무들

보지 못할 나무들

이 숲.

꿈틀거리는 나무 사이로

두려움 없이 내가

지나갈 수 있을까?

나는 새처럼 가볍지도 않은데

이들은 내게 적의의 새를 날리지 않을까?

—「신성한 숲」 부분

나무들로 가득한 곳이 숲이지만, 그의 나무는 '꿈을 지배하는' 존재이므로, 이 숲은 그런 존재로 뒤덮인 곳이다. 그러므로 이 숲은 향기와 소리로 가득하고 신성이 감도는 곳이다. 이런 면에서 본다면 이 숲은 보들레르의 「조응」이 보여주는 신전의 이미지 그것이다. 그러나 보들레르의 숲은 향과 색이 서로 조응하는 교감의 세계이지만, 황인숙의 그것은 두려움의 대상이다. "어떤 사냥꾼도 그처럼 많은 자기의 적에게 둘러싸인 적이 없었으리라"고 그가 제목 밑에 덧붙여놓은 말은 "내게 적의의 새를 날리지 않을까?"라는 표현의 심리적 파장이 어느 정도의 심도를 가지고 한 진술인지를 충분히 알게 해준다. 이 두려움은, 그러나, 신성한 것, 미지의 것에 대한 일종의 경외감이다. 그 경외감은 자기에게 적의를 가지고 있지 않을까를 두려워하는 만큼, 그만큼 신전을 보는 그의 입장은 자유롭지가 못하다. 수많은 종류의 나무가 뒤엉킨 숲은 그에게 두려움을 주는, 벅찬 곳이다. 그러나 '들벚나무숲'은 그렇지 않다.

내 마음에 짚이는 바 없지만

이 들벚나무들은

나를 알고 있는 듯하구나

즐거워라

아마 나를 꿈꾸었는지

내 마음에 짚이는 바 없지만

―「들벚나무숲」 부분

들벚나무숲도 숲임에는 틀림없으나 "나를 알고 있는 듯"한 숲이다. 다른 말로 표현하자면 낯설지 않은 신전이다. 뿐만 아니라, 이 숲은 사시나무·아카시아·싸리나무·소나무·향나무·덩굴나무·가시나무, 본 적은 있으나 이름 모를 나무들과 보지 못한 나무들로 뒤엉킨 숲이 아니다. 단지 하나, 들벚나무 한 종류로 된 숲이다. 그는 단수와 친근하다. 아니다, 그는 "머릿속의 나무 하나"와 그 하나와 친근한 다른 하나들과 친근하다. 그 친근함, 그 사랑은 배타적이지만, 하나를 위한, 하나를 통해 세계와 만나기 위한 인간적 사랑이다.

2

그의 곁에, 아니 그의 품속에 고양이 한 마리가 있다. 그의 '꿈을 지배하는' 그 나무는 "뿌리만 억세게 퍼져" 있지만, 바람의 말을 전해 듣는 눈과 귀와 같은 존재인 잎과 꽃잎이 없다. 그 나무는 향기와 소리로 꿈을 지배할 뿐이다. 그 눈과 귀를 고양이가 가지고 있다.

이다음에 나는 고양이로 태어나리라.

윤기 잘잘 흐르는 까망 얼룩 고양이로

사뿐사뿐 뛸 때면 커다란 까치 같고

공처럼 둥굴릴 줄도 아는

작은 고양이로 태어나리라.

나는 툇마루에서 졸지 않으리라.

사기그릇의 우유도 핥지 않으리라.

가시덤불 속을 누벼누벼

너른 벌판으로 나가리라.

거기서 들쥐와 뛰어놀리라.

배가 고프면 살금살금

참새 떼를 덮치리라.

그들은 놀라 후닥닥 달아나겠지.

아하하하

폴짝폴짝 뒤따르리라.

꼬마 참새는 잡지 않으리라.
할딱거리는 고놈을 앞발로 툭 건드려
놀래주기만 하리라.
그리고 곧장 내달아
제일 큰 참새를 잡으리라.

—「나는 고양이로 태어나리라」 부분

그의 꿈을 지배하는 나무 하나가 머릿속에 있고, 그의 시 쓰기가 눈뜨기의 '별짓'과 다름 아니라고 할 때, 고양이에 대한 그의 집착은 특별한 의미를 띤다. 잎과 꽃잎이 없는 나무→작고 검은 고양이→지네로 이어지는 일련의 대상은 프로이트나 융의 관점에서 보면 또 다른 욕망의 양상을 드러내겠지만, 그의 상상력의 공간 속에는, 지금, 나무 하나가 보내주는 '향기'와 '소리'라는 존재론적 근거를 앞에 두고 있다. 이 향기와 소리가 쉴 틈도 주지 않을 때, 필요한 것은 그것들을 잡아채는 지혜이다. 이 지혜는 순리로 주어지지 않는 것을 취한다는 점에서는 악마적이지만, 존재론적 근거를 취한다는 점에서는 신성하다. 야성 고양이가 가졌음 직한 이 지혜, 그가 고양이로 태어나고 싶다는 표현은, 그러므로 이 지혜에 대한 집요한 욕망의 시적 형상화이다. 툇마루에서 졸지 않고 사기그릇의 우유를 핥지 않고, 그가 가고 싶어 하는 곳이 너른 벌판인 것은 그곳에 나무의

소리와 향기가 있기 때문이다. 소리와 향기가 없는 곳
과 부닥치면 의아해하고 견디지 못하는 것도 그것들의
지배하에 있기 때문이다.

> 웬일인지 모르지만
>
> 한적한 뜰을 보면
>
> 나는 들어가
>
> 서성이고 싶어라.
>
> 빈 부엌 아궁이에 냄비를 얹고 싶고
>
> 쓸쓸한 의자의
>
> 먼지라도 쓸고 싶어라.
>
> [······]
>
> 잠든 고양이를 깨우고 싶어라.
>
> ──「도둑일기」 부분

그가 되고자 하는 고양이는 잠들어도 '꿈을 꾸는' 고
양이이다. 그러므로 위의 시에서 잠든 고양이도 꿈 때
문에 잠든 고양이이지 툇마루에서 나른하게 늘어져 있
는 그런 유는 아니다. 그의 고양이는 이런 점에서 보면
마녀들의 연회 시간에 나뭇가지 아래 웅크리고 앉아 탐
욕스럽도록 지혜의 눈을 굴리는 베르트랑의 이미지 그
것이다.

나는 꿈을 꾸리라.

놓친 참새를 쫓아

밝은 들판을 내닫는 꿈을.

—「나는 고양이로 태어나리라」 부분

들에 있는 들쥐를 쫓는 게 아니라 그들과 함께 뛰놀며 날짐승인 참새를 쫓으려는 고양이! 그 고양이는 잠을 자는 것이 아니라 잠을 통해 "참새를 쫓"는 욕망을 휴식 속에서도 연장한다. 그러므로 그 잠은 진정한 의미에서 잠이 아니다. 그 잠은 나무가 잎을 떨어뜨리고, 그 잎에 의해 "깊어지는 낙엽 더미" 아래로 뿌리를 더 깊게 내리는 그것과 동일한 차원이다. 그래서 그는 우는 고양이를 보고 있지 못한다. 그것은 신성과 악마적인 양면성을 감추고 탐욕스럽게 눈을 굴리는 야생의 고양이가 아니기 때문이다. 다음 시구를 보라.

밤은 고양이새끼처럼 젖어

발치에서 울고 있다

나는 그를 냉큼 들어

저고리 안에 품고

달린다

—「밤은 빗속을」 부분

　그의 고양이는 우리의 전래 동화에 나오는 착하고 영
리한 고양이도 서구에서 흔히 보이는 벽난롯가의 그것
도 아니다. 날짐승인 '제일 큰 참새'를 쫓는, '별짓'을 하
는 야생의 고양이이다.

3

　고양이가 시인 개인의 욕망과 끈끈하게 이어져 있다
면 지네는 숨은 본능의 한순간을 노출시킨다.

　　그 여자 늑골 아래
　　흉가 한 채 서 있다네.

　　난 알지, 거기엔
　　붉은 지네 살고 있어.

　　[⋯⋯]

　　하지만 나 잘 있어요, 하고
　　전보라도 보내듯
　　이따금 놈은
　　느닷없이 물어뜯네.

[……]

다행히도 놈은 잠꾸러기.
하지만 바람 소리만 나면
빨간 눈을 반짝 뜨고
술렁술렁 고개를 쳐든다네.
오, 제발.
바람이 불면 그 여자의 손은
더듬더듬
담배 상자를 찾네.

—「그 여자 늑골 아래」 부분

이 지하의 지네는, 그러나, "다행히도 놈은 잠꾸러기. / 하지만 바람 소리만 나면 / 빨간 눈을 반짝 뜨고 / 술렁술렁 고개를 쳐든다네"에서 볼 수 있듯, 지상에서 그것과 닮은 고양이를 만나 그 속에 숨는다.

그러나 새는 "머릿속의 나무 하나"에 속해 있어 시인 개인과 나무 사이를 계속 오가며 날아다닌다. 땅 위에서 뛰어다니지 않는 존재라는 것을 "참새를 쫓는" 고양이도 알고 있다.

활주하는 새, 보았어?

활주하는 새, 보고 싶어.

힘찬 새가 재미로 활주하는 것.

심심해 죽겠어서 활주하는 것.

하지만 새는 한 번 발을 굴러

단숨에 솟아오르지.

위급한 새만

활주한다.

—「여섯 조각의 프롤로그」 부분

"한 번 발을 굴러 / 단숨에 솟아오르"는 새는 재미로도 활주하지 않는다. 새는 근본적으로 땅에 속해 있지 않고 소리나 향기처럼 숲과 하늘에 속해 있기 때문이다. "활주하는 새"를 보고 싶은 것은 땅 위에 속해 있는 시인의 욕망일 뿐이다.

나무들은 자기 심장의 박동대로

새를 날린다.

급히 지나쳤으면 나는 아무것도

알지 못했으리라.

—「안개비 속에서」 부분

나뭇잎과 바람이

다른 새와 새 들이
지저귀는 틈을 타
새는 멈춰 쉰다.
여전히 세계를 쪼아보면서
그물이 느슨해질세라
이어 지저귄다.

새가 지쳐 부리를 다물 때
느슨해진 그물코로 낙하해 잠이 들 때
화들짝 놀란 새를
나뭇가지가 받쳐준다.

―「밤이 깊으면」 부분

　나무들이 "심장의 박동대로" 새를 날리고, 새는 지저귀는 소리로 그물을 짜서 나무들을 받쳐주는 세계는 시인이 틈입할 구석이 없다. 그 자체로 완벽할 뿐 아니라 신성하기까지 하다. 그럴 때 시인은 고양이처럼 웅크리고 앉아 그 세계를 응시할 뿐이다. 그는 그의 꿈을 지배하는 나무 하나의 향기와 소리로 지상에 있기 때문이다. 새와 동화되기를 꿈꿀 때, 시인은 나무에 속해 있는 새를 끌어내려 다른 곳에 놓고 시적 자아의 다른 모습으로 형상화한다.

보라, 하늘을.

아무에게도 엿보이지 않고

아무도 엿보지 않는다.

새는 코를 막고 솟아오른다.

얏호, 함성을 지르며

자유의 섬뜩한 덫을 끌며

팅! 팅! 팅!

시퍼런 용수철을

팅긴다.

—「새는 하늘을 자유롭게 풀어놓고」 부분

　이 작품은 얼핏 보기보다 교묘한 왜곡이 숨겨져 있다. 외견상 보자면 "아무에게도 엿보이지 않고 / 아무도 엿보지 않는" 하늘이 자유롭다. 뿐만 아니라, 새는 "자유의 섬뜩한 덫을 끌며," 함성을 지르며, 코를 막고 솟아오르므로, 그 하늘은 '섬뜩할' 정도로 자유로 가득 차 있는 것으로 읽힌다. 그러나 제목은 새가 하늘을 풀어놓는 것으로 되어 있다. 결국 아무에게도 엿보이지 않고 엿보지 않는 그 하늘은 자유롭지 못하다는 의미의 세계로 바뀐다. 하늘이 새를 풀어놓는 게 아니라 새가 하늘을 풀어놓는 이 세계는 전도된 시각이다. 이 전도된 시각은 나무가 자기의 박동대로 새를 날리듯 시인도 시인의 박동대로 새를 날릴 수 있다는 자각의 소산이

다. 그러니까 머릿속의 나무 하나가 곧 시인 자신이라
는 자각 위에 행해지는 언술이다. 이것은 자연과의 동
화 또는 동일화를 꿈꾸는 세계가 아니라 자기의 관념대
로 세계를 싸안으려는 방법적 동일화이다.

> 나무를 지워버리렴.
> 그 둥지가 여기가 아니고
> 항상 저 너머인 나무.
> 항상 한 가지에서 다른 가지로
> 날으는 순간만 '여기'일 새여.
>
> ——「새를 위하여」 부분

그 세계는 실재하는 것이 아니므로 대상을 방법적으
로 싸안는 그 순간에 탄생한다. "그 둥지가 여기가 아니
고/항상 저 너머인 나무"를 싸안는 방법은 나무를 지우
면 그곳이 곧 둥지가 된다. "머릿속의 나무"가 창출하는
끝없는 욕망의 지수인 "항상 저 너머"인 둥지는 새를 쉴
수 없게 한다. 이 쉴 새 없이 날아야 하는 새는 꿈의 지
배를 받는 「내 머릿속의 나무 하나가」에 나오는 '나'와
조금도 다르지 않다. '나'를 삭제할 때 숲과 새는 서로
조응하고 교감하는 조화의 세계이다. 그러나 그 세계를
'나'의 것으로 껴안으려고 할 때, "머릿속의 나무"는 그
것을 거부한다. 둥지를 항상, '저 너머'로 옮겨버리는 것

158

이다. 그래서 '나'는 방법적으로 나무를 지우고, 날으는 그곳, '여기'가 바로 둥지라고 주장한다. 그러나 그곳은 나무가 있는 곳 또는 나뭇가지 위가 아닌 "날으는 순간" 으로 포착된 임의의 공간이다. 그 공간은 언어화됨으로 써 실재를 획득하는, 언어화된 실재를 통해 사실적 세 계와 대립하는 미학적 세계이다. 이 세계를 향한 시인 의 사랑은 거의 숙명적으로 보인다. 다음의 시를 보라.

그 여자를 반듯하게
편히 뉘어도 좋다.
잊지 말아야 할 것은
그녀 가슴 위에 공책 한 권.
그리고 오른손에 펜을 쥐여
포개어놓으라.

비바람이 뚫고 햇살이 비워낸
두개골 속을
맑은 벼락이 울릴 때,
그녀 오른팔 뼈다귀는
늑골 위를 더듬으리.
행복하게 삐거덕거리며.

—「비명碑銘」 부분

4

사실적 세계와 대립하는 미학적 세계는 현실과 배타적이다. 그러나 그 배타적인 사랑은 인간에 대해서가 아니라 현실에 대해서이다.

> 그를 위해 무얼 살까 둘러보았죠.
> 수줍은 제비꽃에 벗은 완두콩.
> 그에게는 아무짝에 소용없는 것.
> 그럼그럼 딸길 살까 바나날 살까?
> 아니면 익살맞은 쥐덫을 살까?
> 그를 위해 무얼 살까 둘러보았죠.
> 한 쾌의 말린 뱀, 목에 늘인 할아범.
> 아아아아 재밌어 이걸 사줄까?
>
> ―「시장에서」 부분

작품 속의 선물은 대부분 상식 밖의 것이다. 이 상식 밖의 선물들은 그가 현실적·일상적 규범에 전혀 얽매여 있지 않음을 단적으로 말해준다. 그와 함께, 선물을 보고 있는 그의 시각을 통해, 우리는 그만이 고를 수 있는 선물이 얼마나 인간적인가를 새삼 느낀다. 이런 비현실적·예외적 사랑의 삶을 그는 조금도 어색해하지 않는다. 어색해하기는커녕 오히려 즐긴다. 그래 그는 우리와는 또 다른 상투적 삶을 산다.

인사를 모르는 것은

나의 상투이길래

그래서 나는

상투적인 것은 질색이어서

인사를 꼬박

찾아다닌다 그즈음

바람은 상투적으로 집적대고

상투적으로 피는 풀

상투적으로 야기되는

작년 이맘때

작년 이맘때

그래서 나는

이맘때가 아니고 작년이 아닌 곳을

상투적인 물병과 김밥을 들고

[……]

인사를 아는 것은

나의 상투이길래

그래서 나는

상투적인 것은 질색이어서

인사를 꼬박

제껴버린다 그즈음

—「상투적」부분

이 화려한 상투적 삶!